~~DARK SOULS~~
REDEMPTION

– HUMANITY LOST –

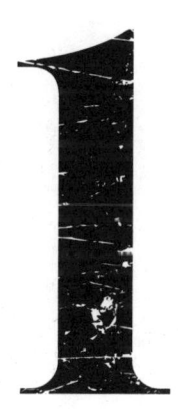

INHALT

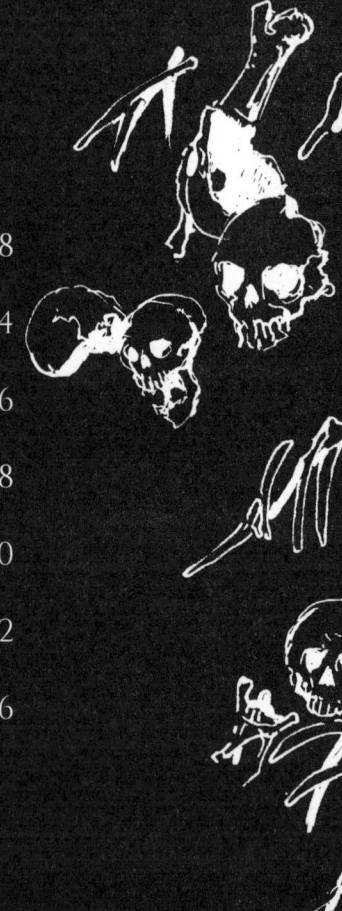

Die Nacht ist hereingebrochen.

Der letzte Drache ist gefallen.
Und mit ihm starb die Hoffnung.

Es blieb nichts zurück außer
Glut in der Leere …

… ein paar verlorene Seelen in
der Asche des Vergessens …

… und die letzten Funken unserer
verlorenen Menschlichkeit.

DARK SOULS

REDEMPTION

– PROLOG –

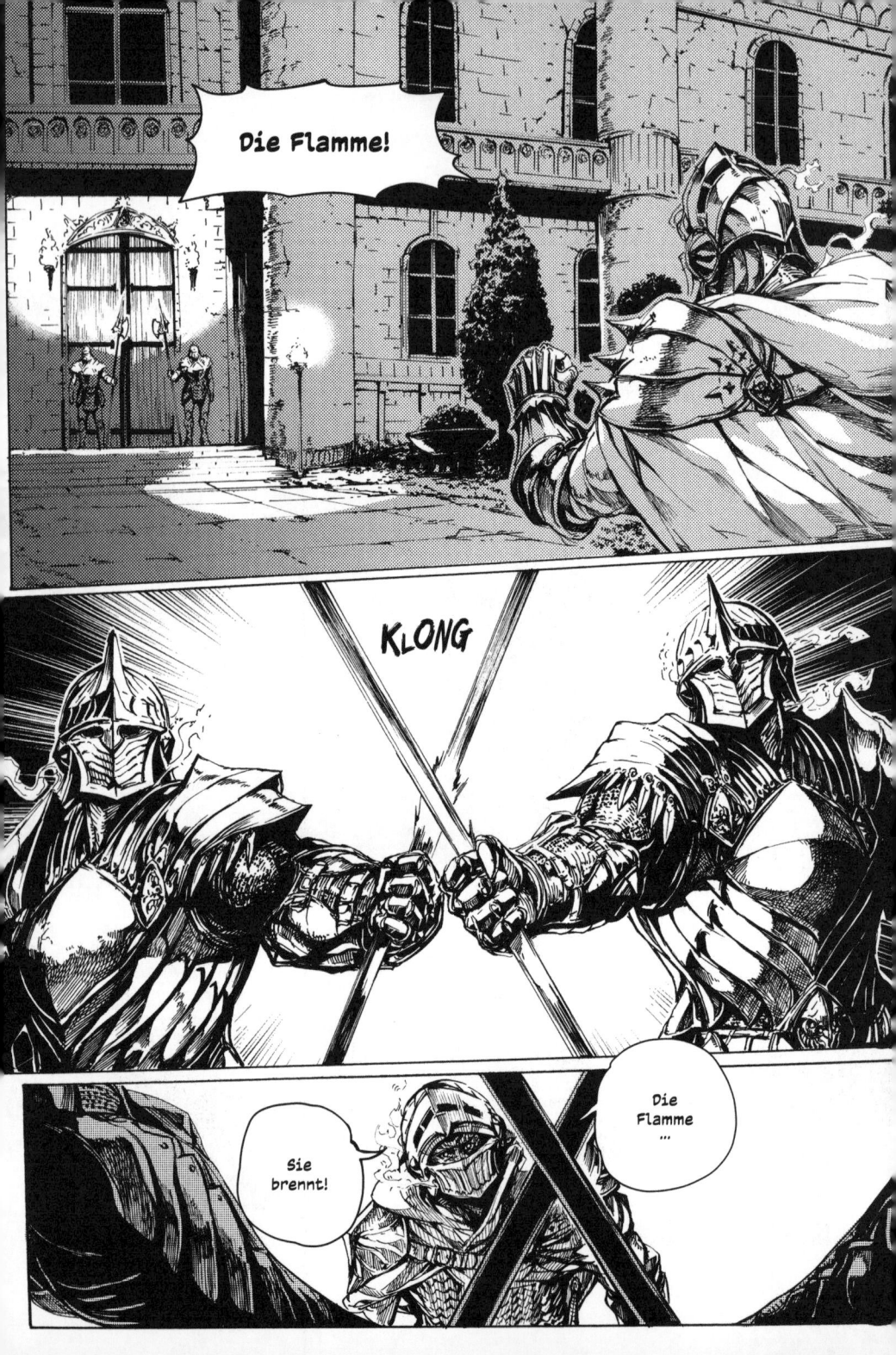

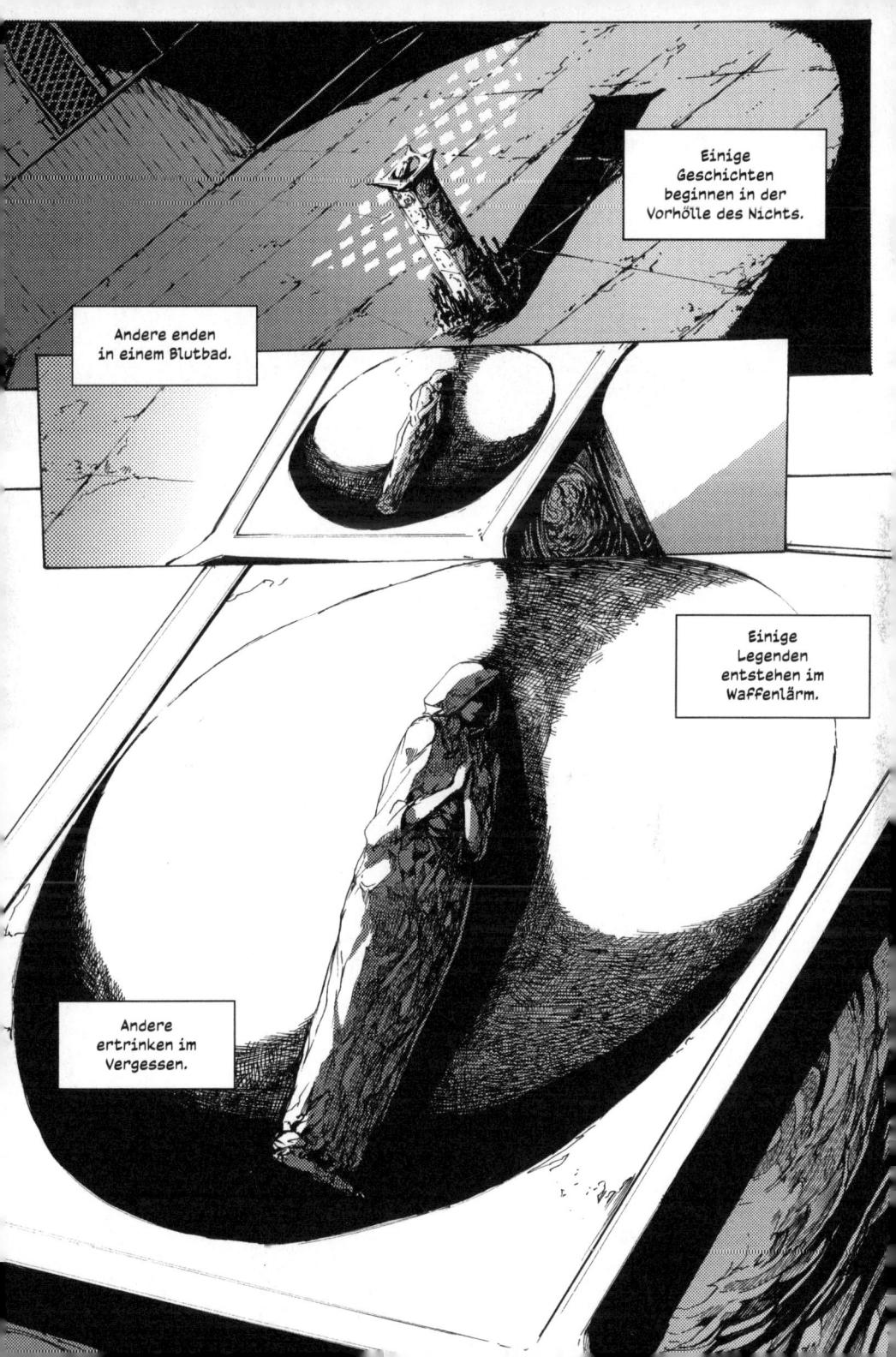

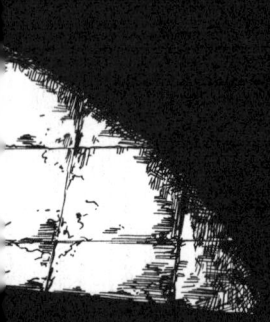

DARK SOULS
REDEMPTION
– Kapitel 1 –

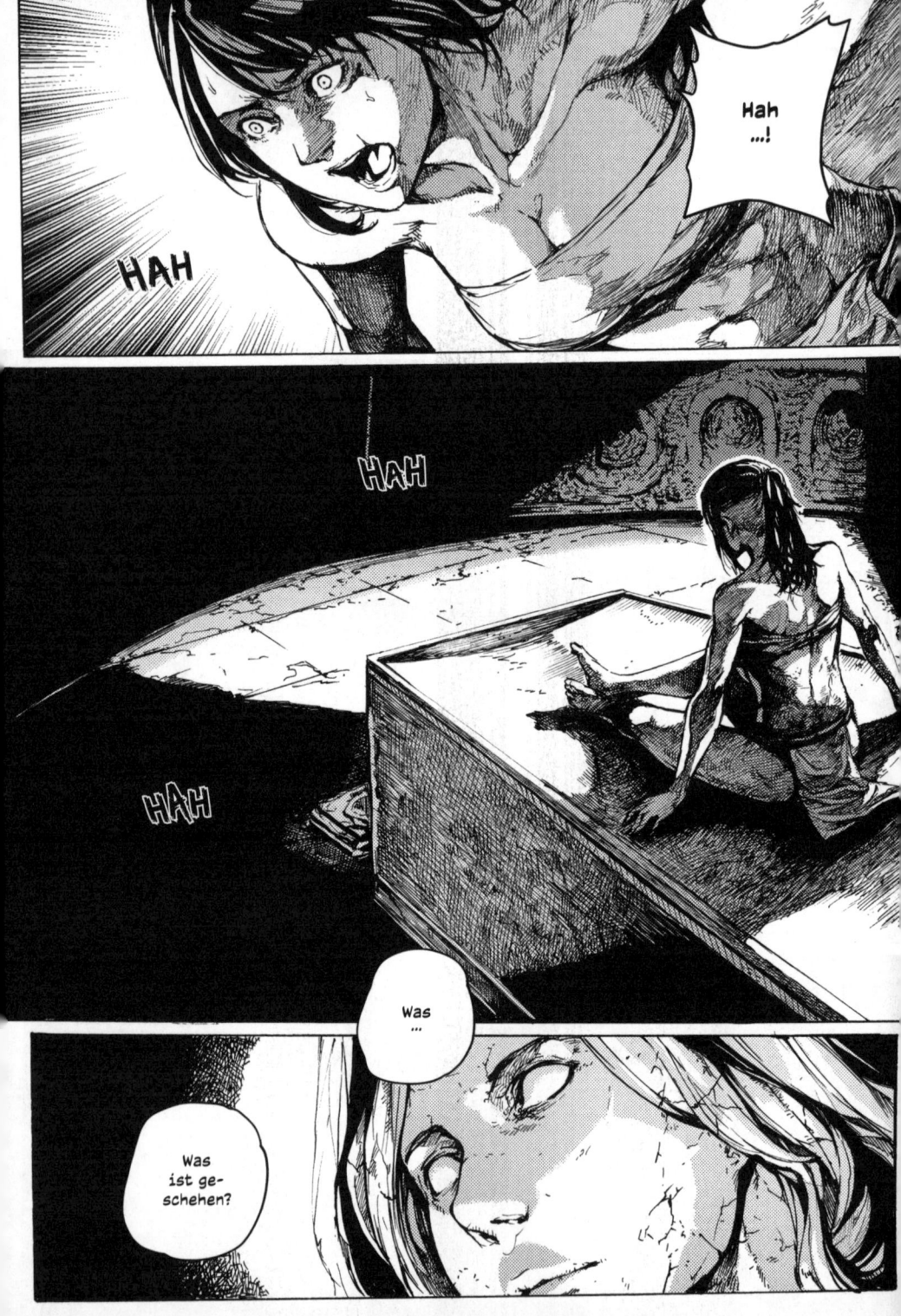

Wo
...

Wo bin ich?

Kann
...

Ist hier wer?

Kann mich jemand hören?

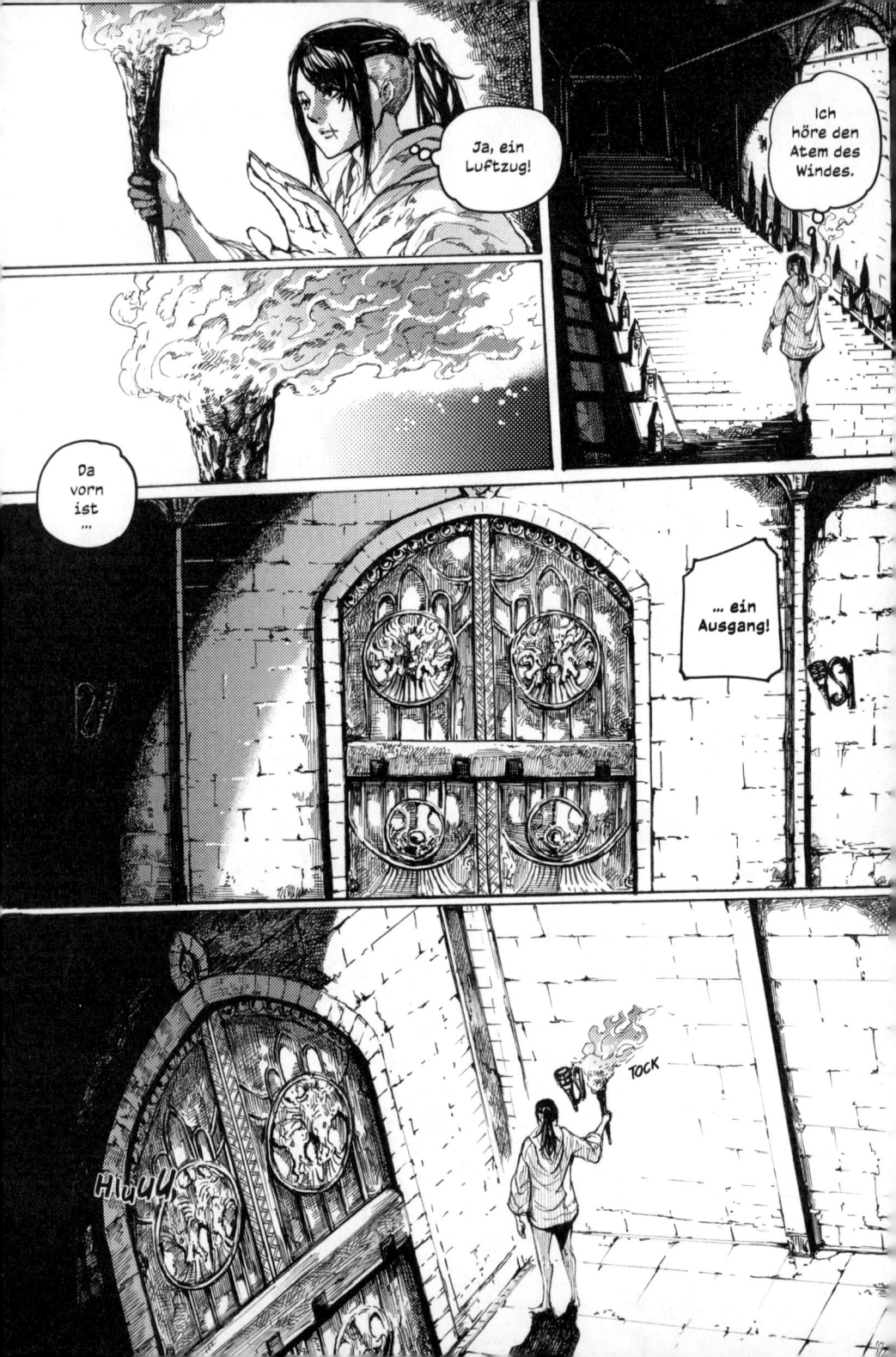

DARK SOULS
REDEMPTION

– KAPITEL 2 –

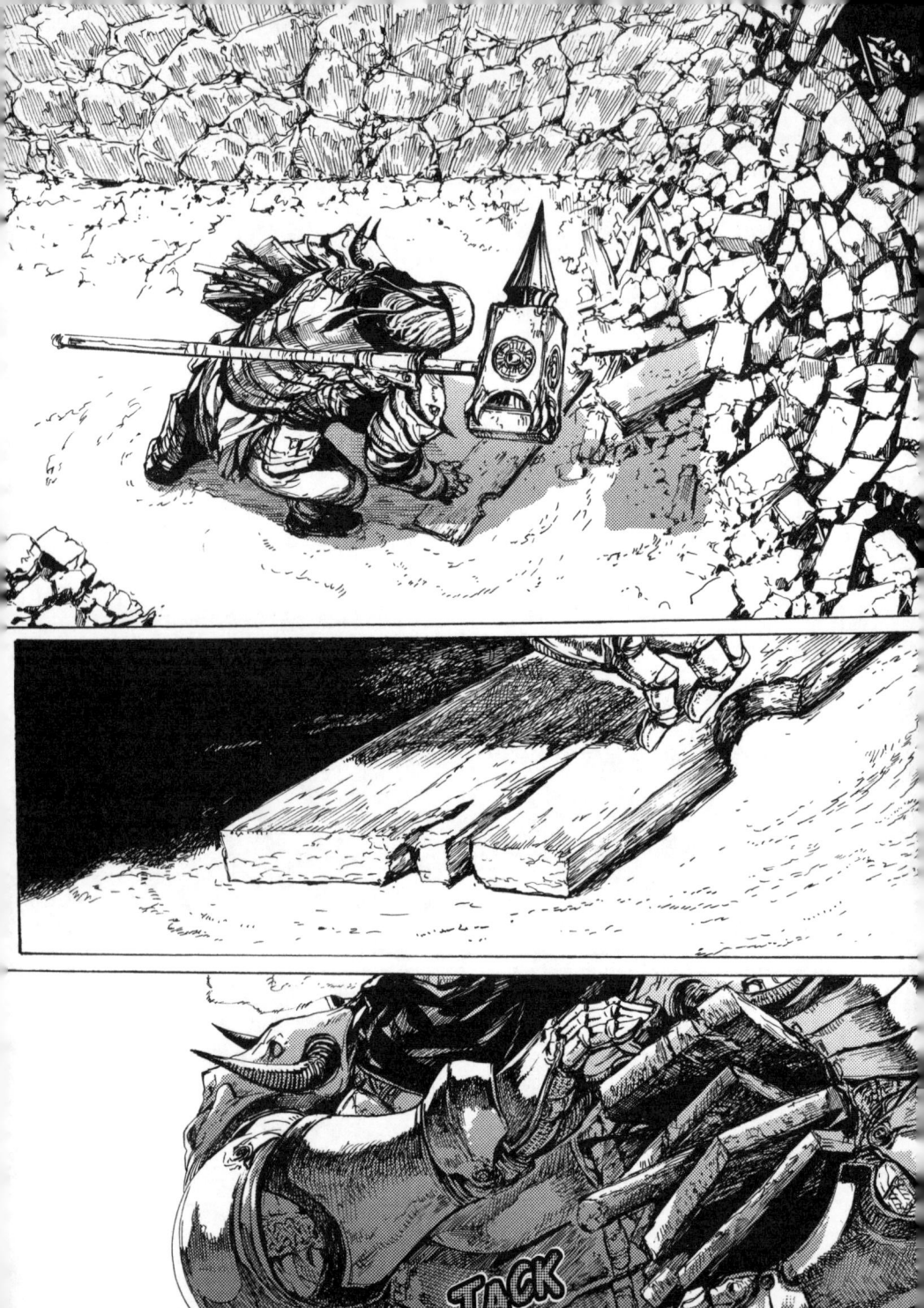

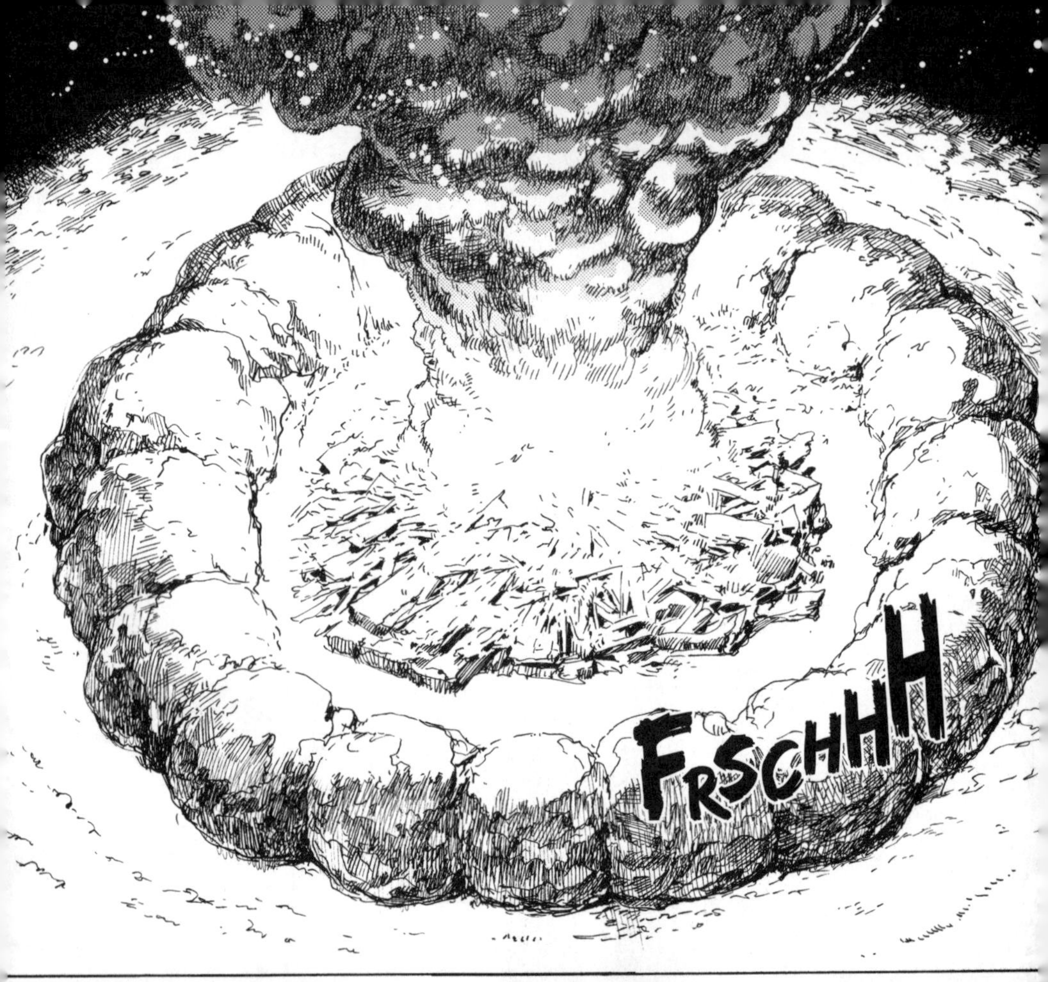
FRSCHHH

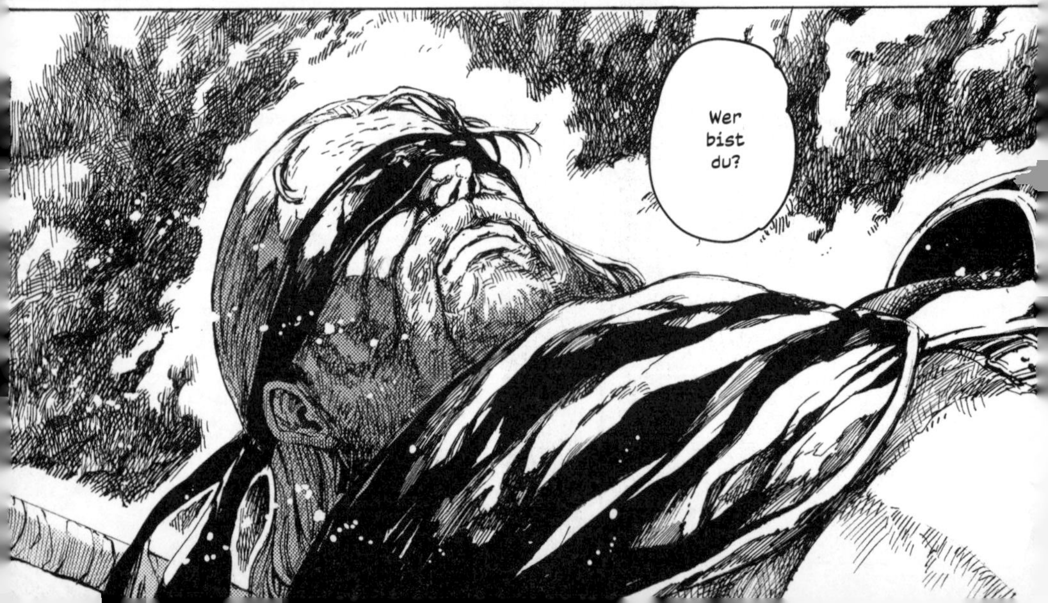
Wer bist du?

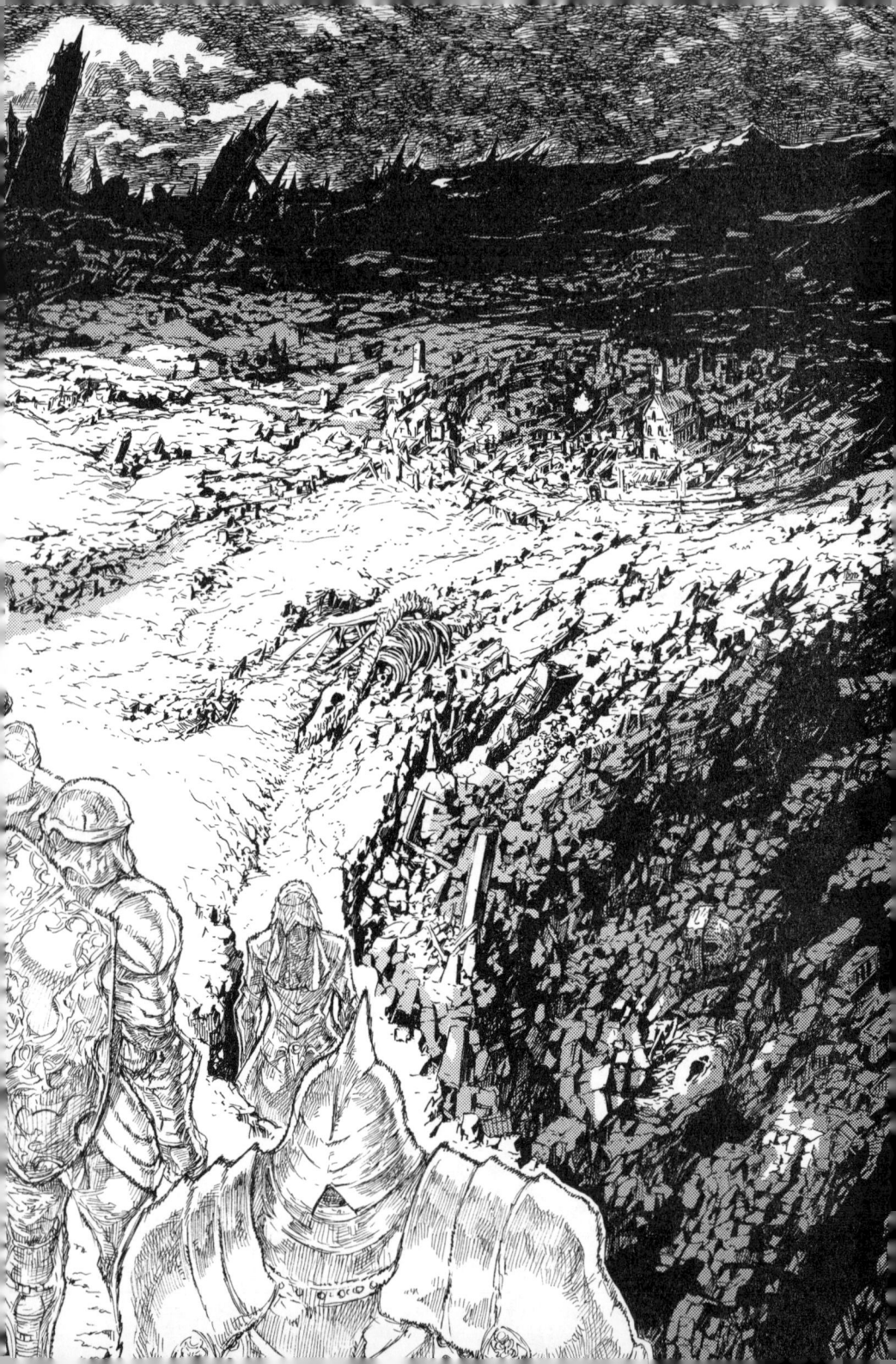

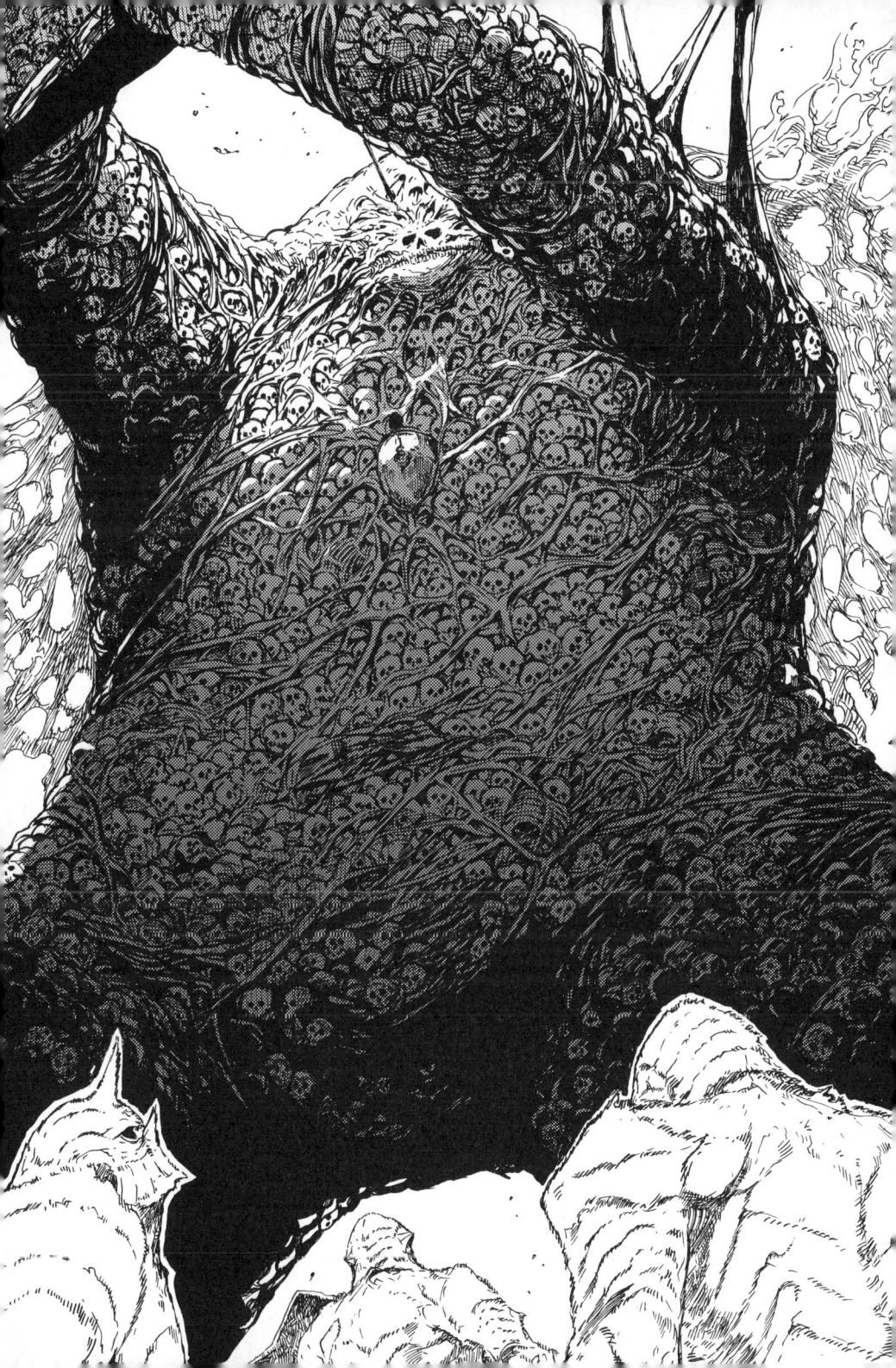

DARK SOULS
REDEMPTION
– KAPITEL 3 –

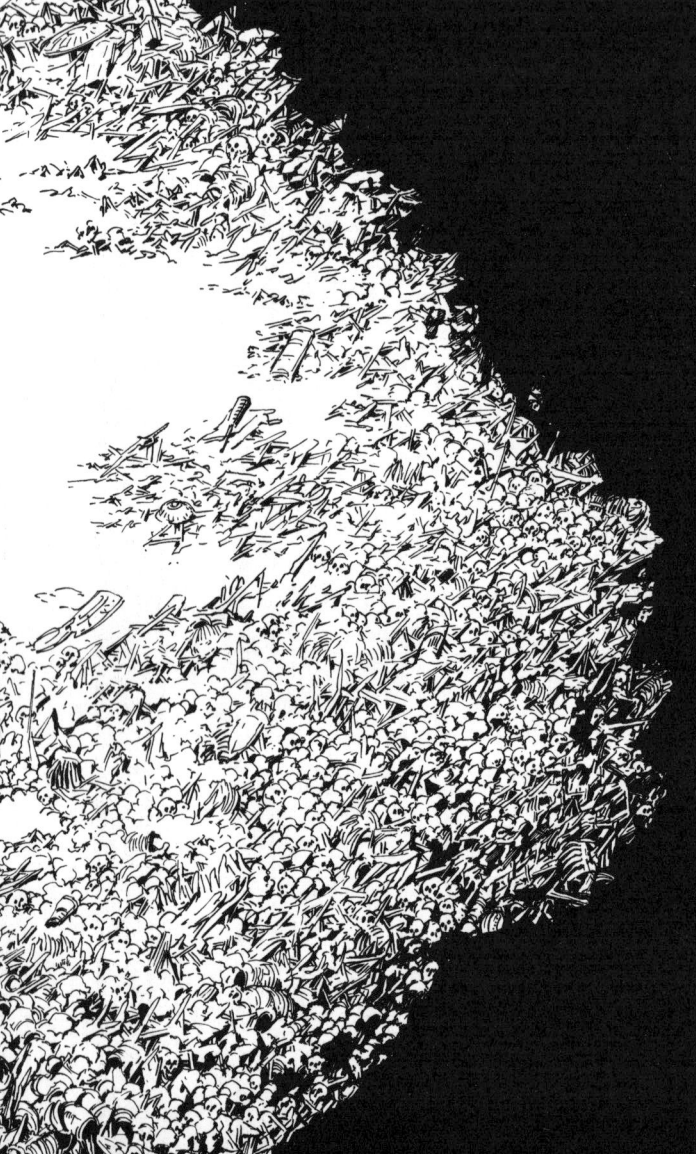

Du musst
...

... dich
erinnern.

TAPP

TAPP

TAPP

TAPP

TAPP

...

Erinnere
dich, Ira
...

Erinnere
dich!

...

Nein ...

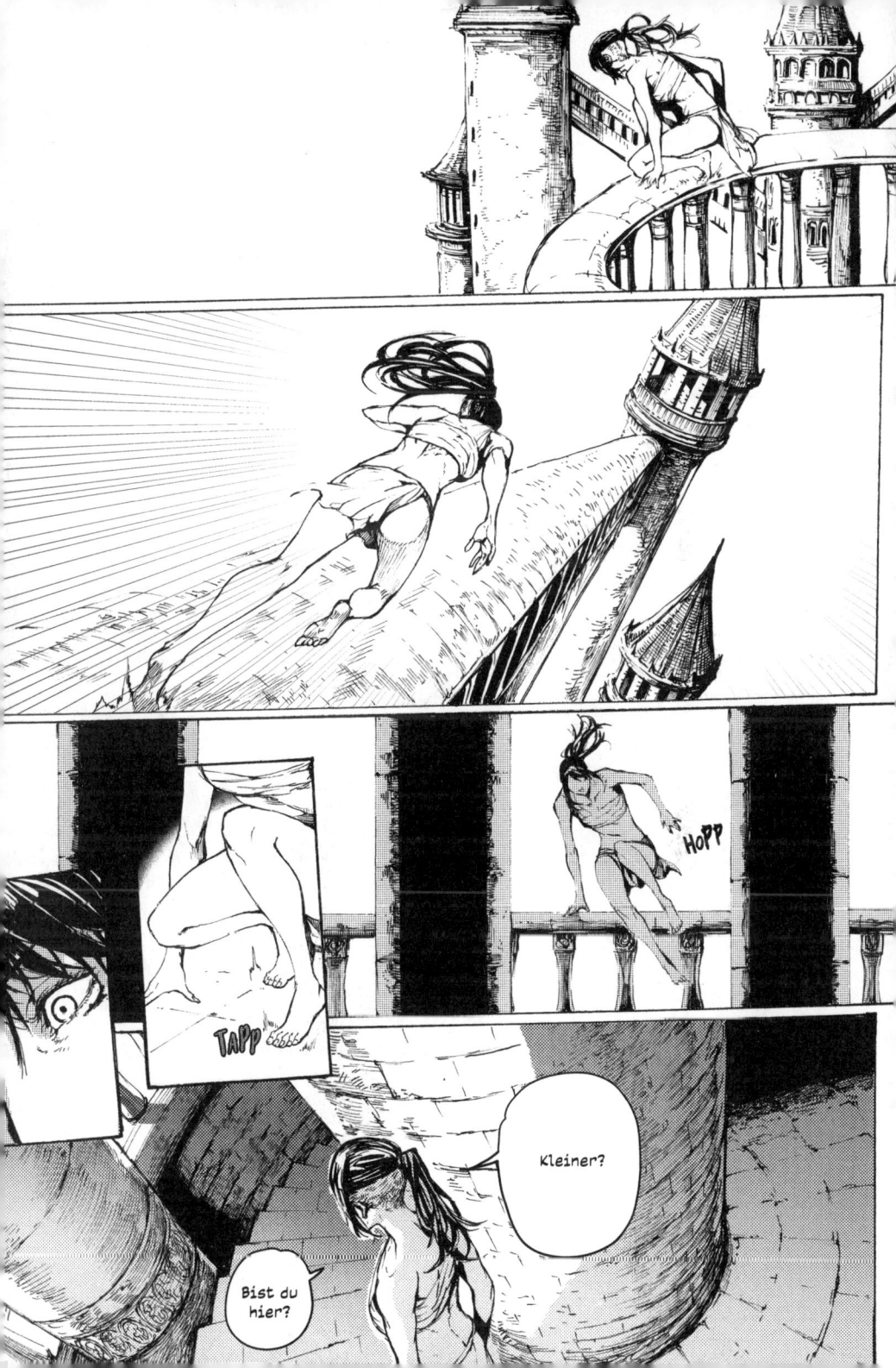

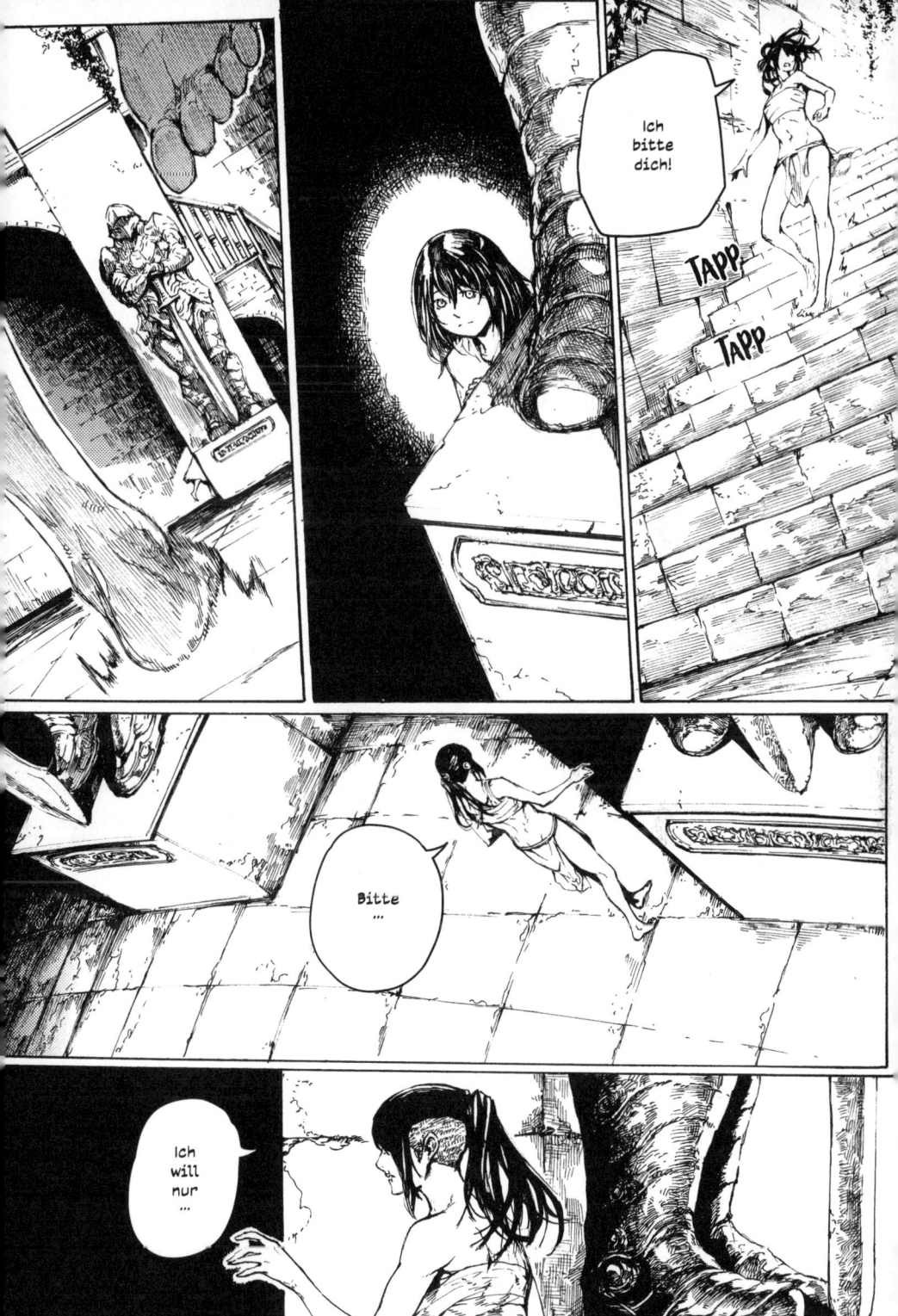

DARK SOULS
REDEMPTION
– Kapitel 4 –

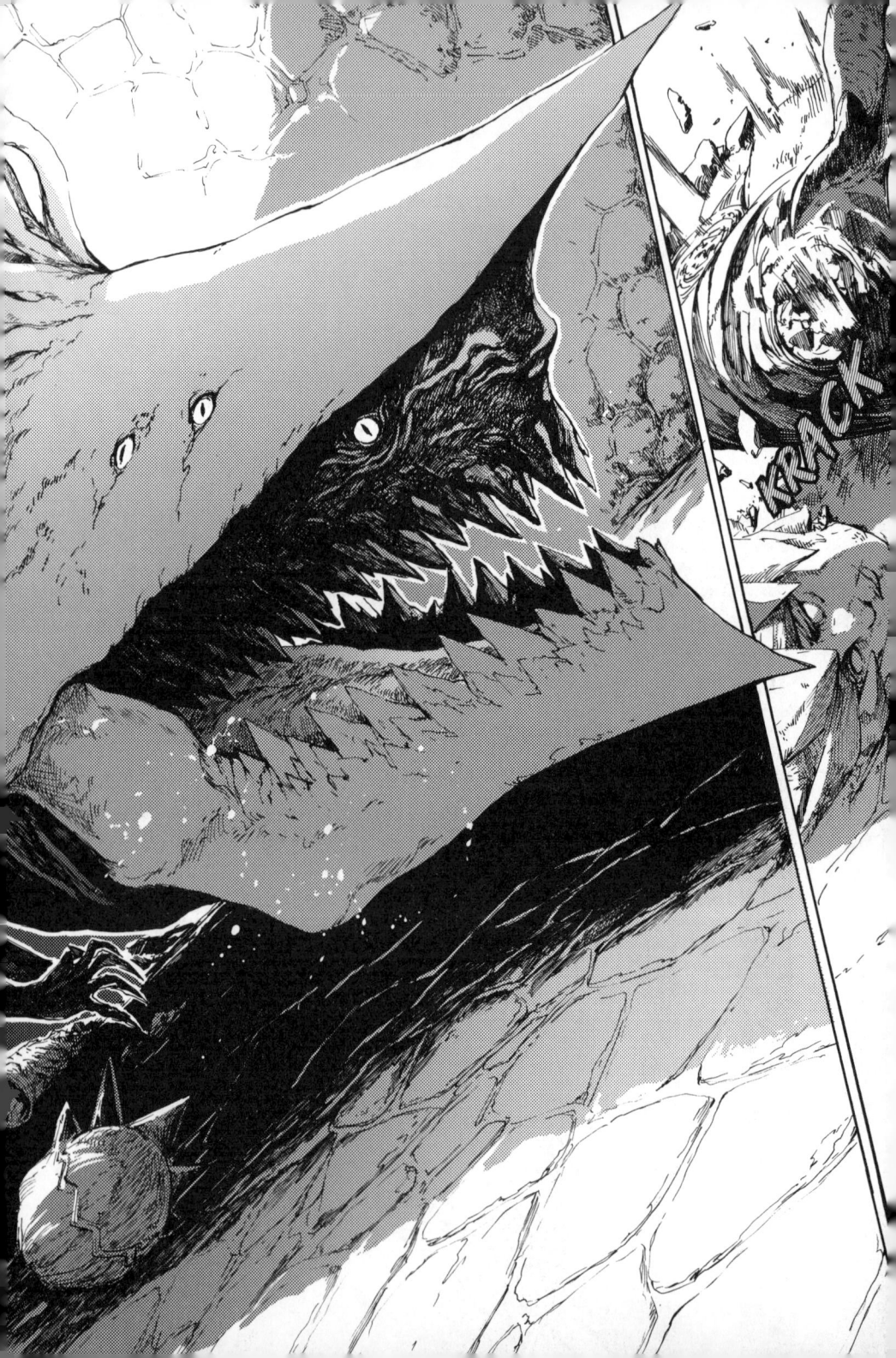

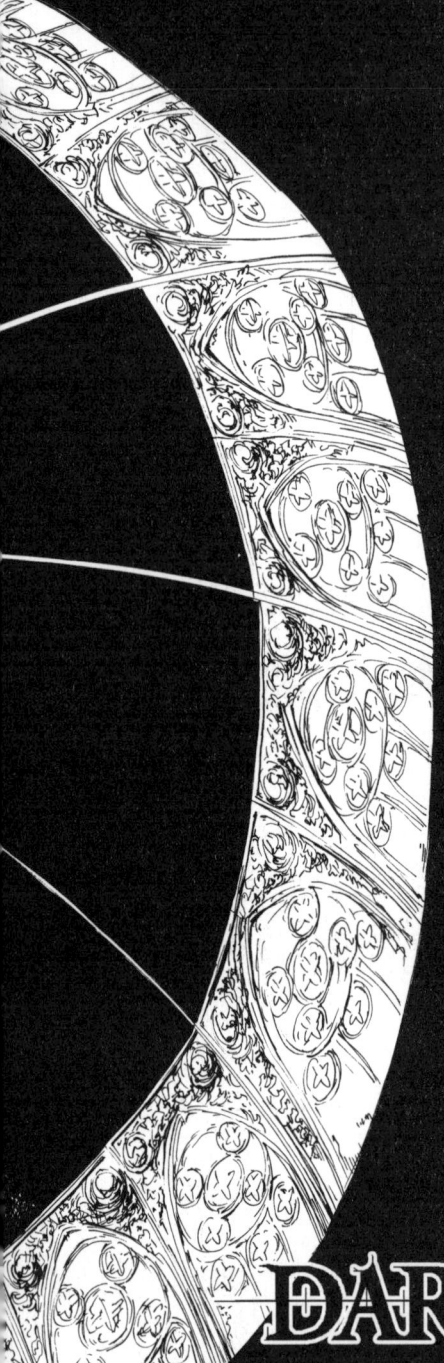

DARK SOULS
REDEMPTION
– Kapitel 5 –

...
wenn
wir unsere
Kräfte nicht
vereinen!

DARK SOULS REDEMPTION BAND 1 – ENDE

FORTSETZUNG FOLGT ...

CONCEPT ART

Aki

Ira

Erste Skizze der
vier Hauptcharaktere

Eudo

Skizzen des Blutwurms

Ar'Vrark der Verschlinger,
menschliche Form

Ar'Vrark der Verschlinger, Drachenform

Drachenkonzepte

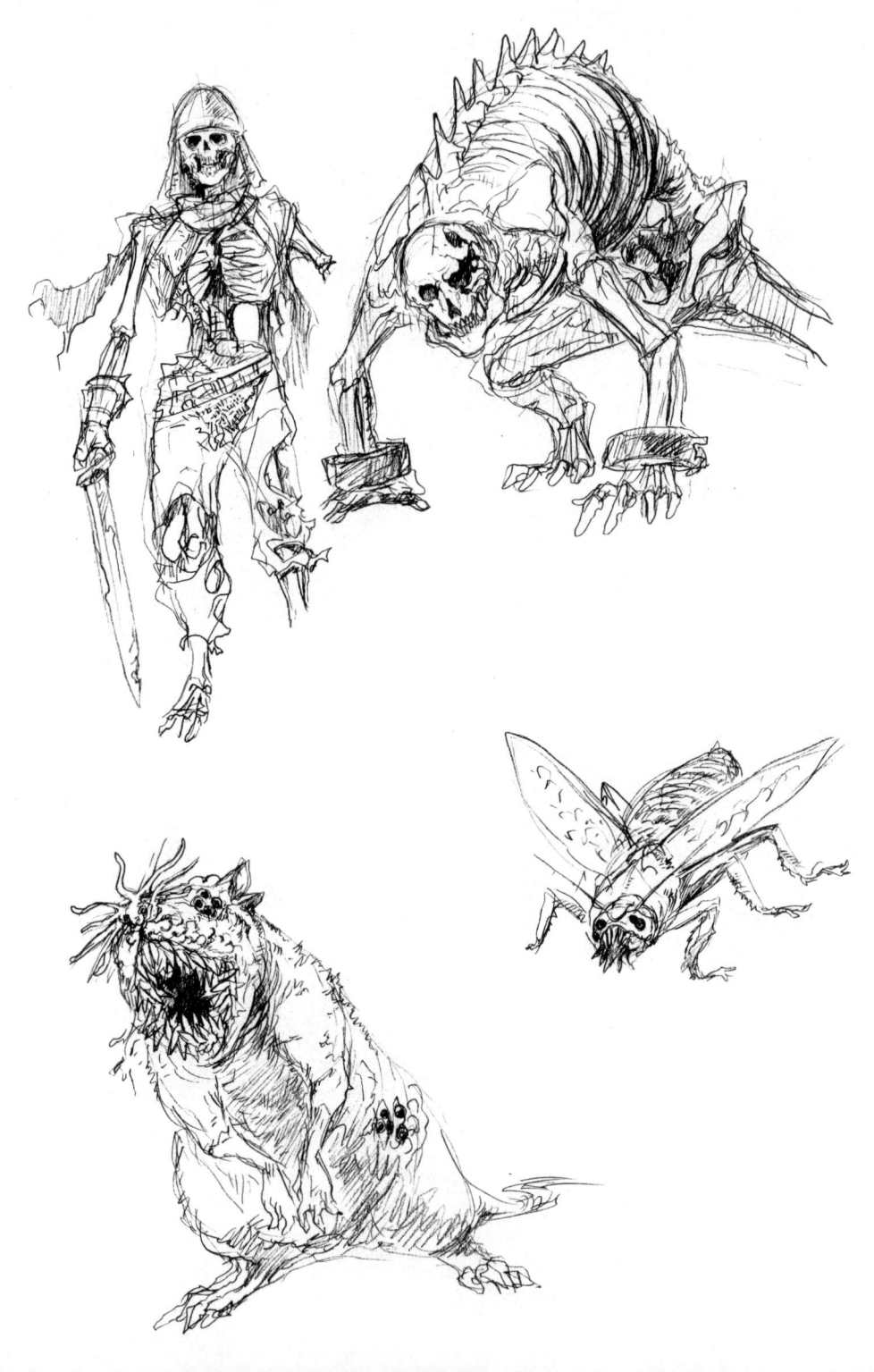

Skizzen der Festung

Vorbereitende Konzepte
für Gaalor

DARK SOULS

REDEMPTION

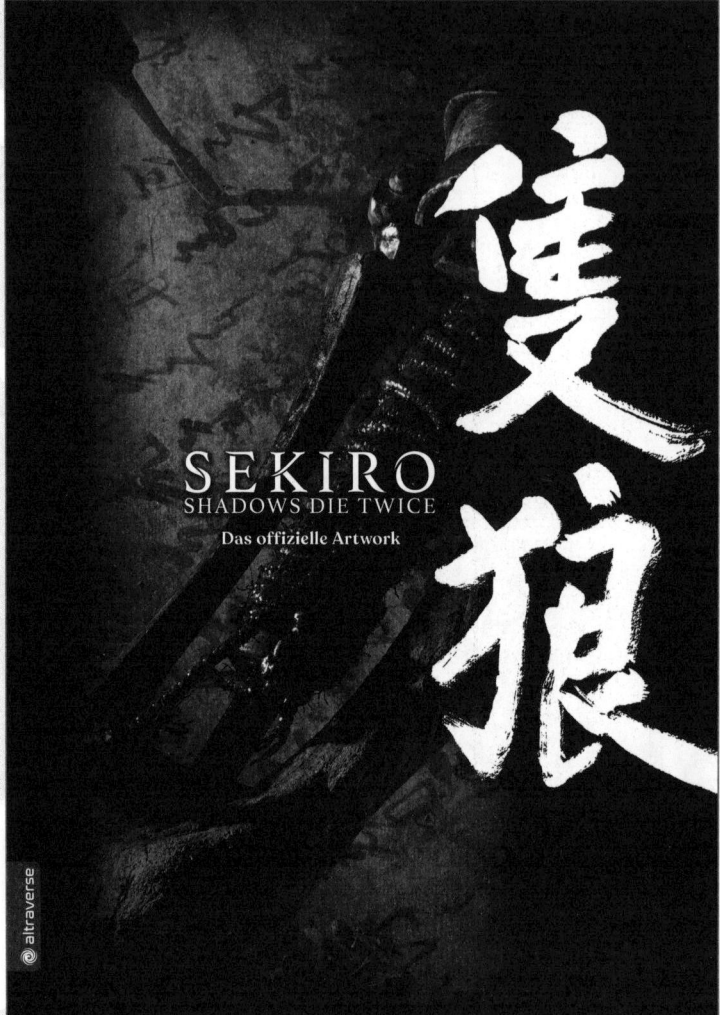

Sekiro – Shadows Die Twice
From Software

Einarmiger Wolf ... Übe Rache. Stell deine Ehre wieder her. Töte mit
Verstand.
Erhaltet mit diesem offiziellen Artbook einen noch tieferen Einblick in die
Welt des preisgekrönten Videospiels *Sekiro – Shadows Die Twice*. Neben
exklusiven Artworks enthält es frühe Charakterdesigns und Konzeptzeich-
nungen und vermittelt, wie die Welt dieses Meisterwerks entstanden ist.
Ein Muss für jeden From Software-Fan.

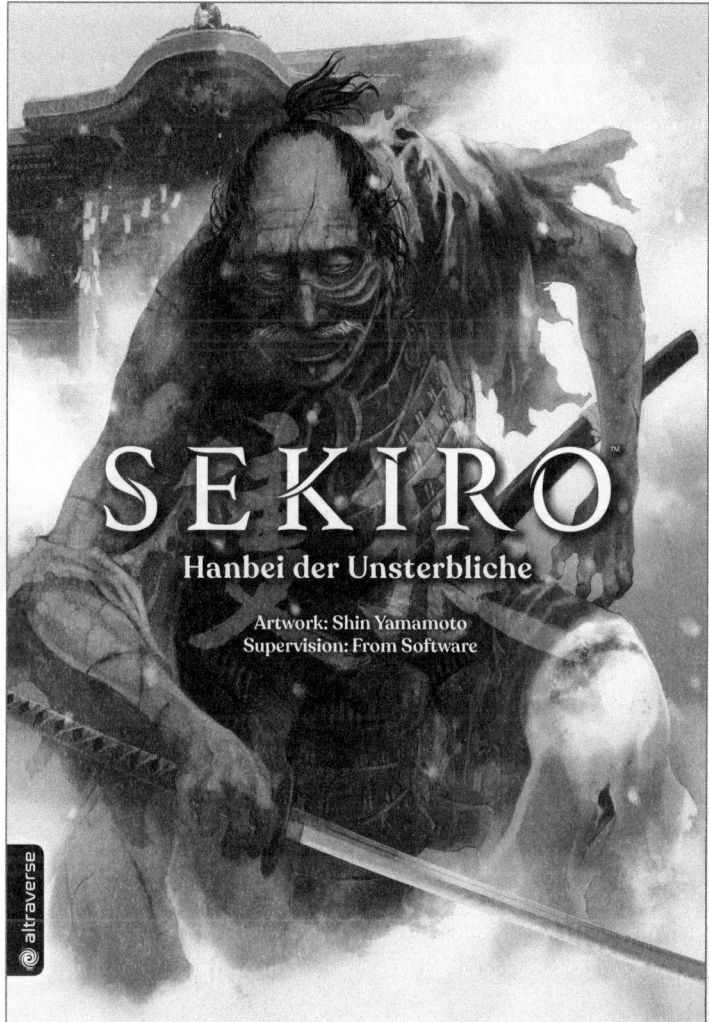

Sekiro – Hanbei der Unsterbliche

Shin Yamamoto | From Software

Japan in der Sengoku-Zeit: Ein Zeitalter, in dem die Verlierer wirklich alles verloren. Der Schwertheilige Isshin Ashina trifft auf einen einsamen Samurai, der, egal wie oft man ihn niederstreckt, nicht stirbt. Sein Name: Hanbei der Unsterbliche.

Elden Ring – Der Weg zum Erdenbaum

Nikiichi Tobita

Ein namenloser Befleckter findet sich vollkommen verwirrt, nackt
und ohne jegliche Erinnerung im Zwischenland wieder. Nach einigen
Fehlversuchen, sich in dieser gnadenlosen Region durchzuschlagen, tritt
eine mysteriöse junge Frau namens Melina an ihn heran und bietet ihm
eine Abmachung an: Solang er sie zum Fuße des Erdenbaums führt, will
sie ihm als Jungfer zur Seite stehen ...

NieR:Automata World Guide — Berichte aus der Ruinenstadt

Square Enix

Lernt mit dem World Guide die Welt von *NieR:Automata* genauso gut kennen wie die YoRHa-Soldaten, die verzweifelt darum kämpfen, sie zurückzuerobern. Enthält nicht nur Concept Art und exklusives Kartenmaterial, sondern auch zwei Kurzgeschichten aus der Feder von Jun Eishima.

NieR Art – Kazuma Koda Artworks
Kazuma Koda

Das erste Artbook von Kazuma Koda, dem Concept Artist, der mit seiner Kunst die Welten von *NieR:Automata*, *NieR Re[in]carnation* und *NieR Replicant ver.1.22474487139...* maßgeblich mitgestaltete. Neben Artworks der Spiele enthält dieses Buch auch Illustrationen für Poster, CD-Cover und viele weitere Produkte aus dem *NieR*-Universum.

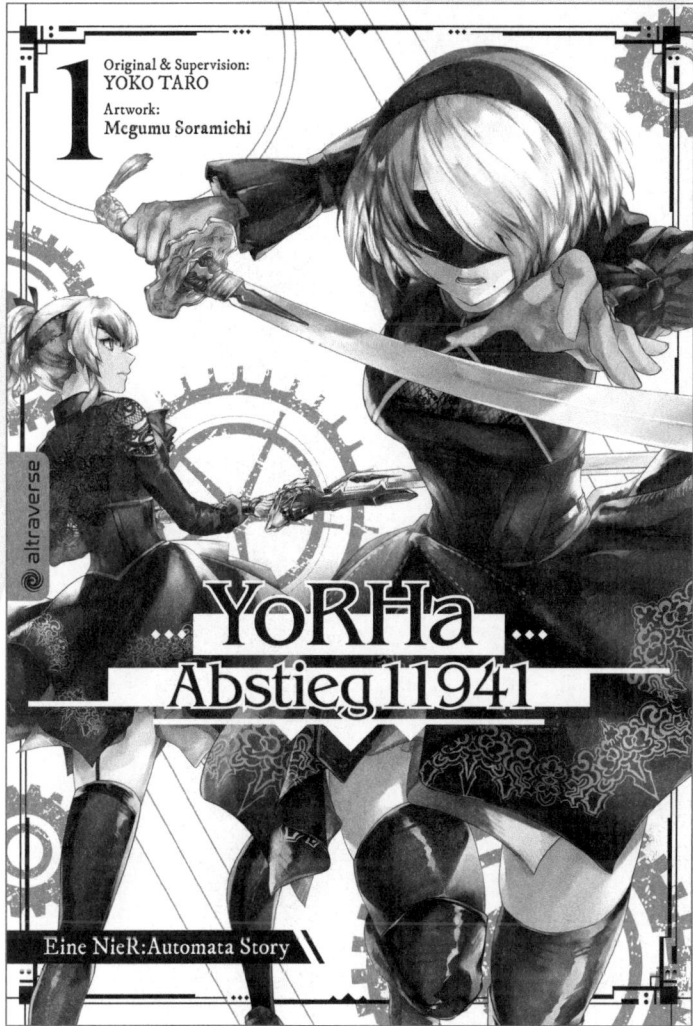

YoRHa Abstieg 11941 – Eine NieR:Automata Story

Yoko Taro | Megumu Soramichi

Es ist das Jahr 11941 – ein Überfall fremder Wesen und ihrer mechanischen Armee hat die Menschheit dazu gezwungen, auf dem Mond Zuflucht zu suchen. Um sich den feindlichen Horden entgegenzustellen, wird eine Schwadron aus Android-Soldatinnen entsandt.

Story: Jun Eishima
Original Story: Yoko Taro

altraverse

NieR:Automata — **Lange Geschichten**

NieR:Automata — Lange Geschichten

Story: Jun Eishima | Original Story: Yoko Taro

Es ist das Jahr 11945 — die Menschheit hat sich auf den Mond zurückge-
zogen und muss sich auf der Erde im Kampf gegen eine von außerirdi-
schen Mächten gesandte Armee von Maschinenwesen auf ihre eigenen
YoRHa-Androiden verlassen. Zwei dieser Androiden sind 2B und 9S, die
inmitten dieses Krieges hinter Geheimnisse kommen, die auch sie selbst
und ihre Verbindung zueinander betreffen.

Das Tsugumi-Projekt

ippatu

Um der Todesstrafe zu entgehen, lässt sich der ehemalige französische Elitesoldat Léon auf eine gefährliche Mission ein: In einem nach einer Katastrophe völlig zerstörten Japan, das seit mehr als 200 Jahren als vollständig verlassen gilt, sollen er und seine Begleiter eine schreckliche Waffe bergen. Codename: Tsugumi.

Die Hexe und das Biest

Kousuke Satake

Guideau und Ashaf sind im Dienste einer geheimnisvollen magischen Vereinigung unterwegs, um Hexen und anderes sinistres Volk zu bekämpfen. Doch Guideaus eigentliches Ziel ist es, den Fluch einer Hexe zu brechen, der das Biest in ihr versiegelt hält.

Arata & Shinju — Bis dass der Tod sie scheidet

Taro Nogizaka

Der Erziehungsberater Arata Natsume wird von einem seiner Schützlinge gebeten, den Mörder seines Vaters im Gefängnis zu besuchen und ihn zu fragen, wo dieser den noch immer verschollenen Kopf seines Vaters versteckt hat. Doch der Mörder entpuppt sich als gerissene junge Frau und schon bald beginnt ein Katz-und-Maus-Spiel zwischen den beiden, dessen erstes Ergebnis ist ... dass die beiden heiraten?!

altraverse

Deutsche Ausgabe / German Edition
Altraverse GmbH – Hamburg 2024
Aus dem Französischen von Hans-Martin Weiß

DARK SOULS REDEMPTION vol. 1
Illustrated by Shonen, Written by Julien Blondel / Published by Mana Books
Dark Souls™& ©Bandai Namco Entertainment Inc. / ©FromSoftware, Inc.
All Rights Reserved.
First published in France in 2024 by Mana Books, an imprint of AC Media Ltd.
German translation rights arranged with AC Media Ltd. through Tuttle-Mori Agency, Inc.

Redaktion: Johannes Marschallek
Herstellung: Marilis Pästel
Lettering: Vibrant Publishing Studio

Druck: CPI books GmbH, Leck
Printed in Germany

ISBN 978-3-7539-2710-7
2. Auflage 2024

www.altraverse.de